SKANDALEN
OM
JIMMY JONES
En Godnattsaga
för vuxna!

ISBN 978-91-979188-4-8

Omslag design av Leif Sodergren

LEMONGULCHBOOKS
www.lemongulchbooks.com

TEXT OCH ILLUSTRATIONER AV
DONOVAN O'MALLEY

SKANDALEN
OM
JIMMY JONES

EN GODNATTSAGA
FÖR VUXNA!

ÖVERSÄTTNING
LEIF SÖDERGREN

Jimmy Jones
var en helt normal och bekymmersfri liten
pojke. Han var full av upptåg och energi...

Han lekte Cowboys och Indianer,

Han avskydde att bada...

...OCH
ÄLSKADE GODIS !

Den enda skillnaden mellan
Jimmy och andra friska, välanpassade

femåringar

VAR ATT...

Han hade en fyrtioårig
Älskarinna!!!

Detta innebar naturligtvis vissa
problem, speciellt för en kille i
hans ålder,

som till exempel...

Att köpa cocktails till sin käresta som drack som en svamp och bara gillade dyra och exotiska drinkar som Singapore Slings och Sloe-Gin Fizzes och Zombies.

Naturligtvis, kunde han inte övertyga bartendern att han var myndig...så hon fick skriva ett intyg varje gång att det var hon som skulle ha drinken...

och det var ofta!!

Mycket ofta!!!

Och
cigarettflickan
klappade honom bara
på huvudet
och nöp honom i hans
rosa kinder...

...så han fick gå till en cigarettautomat
som låg tio minuter längre bort...

Och när han kom fram
kunde han nätt och jämnt nå upp!!!

Detta var synnerligen irriterande eftersom
hans älskarinna bara rökte cigaretterna
till hälften!

Detta var emellertid ett
smärre problem!!

Inget var mer förödmjukande än minen på apotekaren när Jimmy försökte köpa

en annan nödvändighet
för sin delikata kärlekshistoria!

Jimmys vänner tyckte att hans kärlekshistoria var

löjlig och extravagant !

Priset för en enda av hennes exotiska
cocktails räckte ju till att köpa godis
till dom alla

i en hel vecka!

Men Jimmy, vars hjärta
tillhörde den fyrtioåriga
älskarinnan, var orubblig...

"MOGEN honung" sa han med ett
barnsligt leende "är den mest utsökta
honungen"

TILLS...

LOLA MAY ANDERSON
KOM TILL STAN!!!

Lola May var inte vad man kunde kalla
speciellt söt och hennes klädsmak var
inte på något sätt sofistikerad heller.

Hon var inte förförisk eftersom hennes
borgerliga uppfostran förhindrade henne
från att tävla på samma villkor som
Jimmys betydligt äldre
glädjeflicka.

Men vad var det som fick
Jimmy Jones att
falla pladask för
Lola May Anderson ??

Jimmys älskarinna

insåg omedelbart
att det var något skumt på gång....

något mycket orättvisst...
...blev så nervös att hon FÄLLDE HÅR ....

...och så upprörd att hon
var tvungen att använda
BÅDA HÄNDERNA för att plocka
upp cigaretterna
...och nu rökte hon dom

hela vägen ned
till filtret!

Hon började att dricka
ännu mer än förr !

och var mycket nära ett

nervöst
sammanbrott!

när hon tittade
ut genom fönstret
och såg...

Jimmy och Lola May Anderson i familjens **swimmingpool!!!**

Så det var **det** som var Lola Mays

hemlighet!

Den stackars kvinnan gick genast till närmsta bar
för att fundera över sitt dilemma.
Hon var övertygad om att Lola May,
nöp Jimmy under vattnet!

Hon funderade på att förgifta Lola Mays godis
eller lägga Pirayafiskar i familjens swimmingpool.

Men eftersom hon var en hederlig kurtisan
bestämde hon sig för att gå rakt på sak och presentera
sitt problem för Lola May,
kvinna-till-flicka.
Så, nästa dag...

skyndade hon till parken
där Jimmy och hans små vänner
brukade hålla till.

Där, visste hon att hon skulle hitta
Lola May och där skulle hon
vädja direkt
till flickan.

Lola May spelade kula med Jimmy
och det var hon som **vann!**

Innan hon öppnade sitt hjärta
för flickebarnet insåg hon att hon behövde
något att förhandla med...

så hon skyndade till närmsta godisbutik
och köpte massor med lösgodis
och lakritspipor och fyllda muffins samt tre
mycket delikata bakelser

Lola May Anderson
var lätt att övertala
med så mycket godis.
Men hon höll ut till den sista kolan
innan hon gav ett
högtidligt löfte att
aldrig mer
träffa Jimmy.

Hon var ändå trött på Jimmy
och hade dessutom redan vunnit
alla hans kulor.

Hennes uppdrag var
utfört...

och den bedagade, men ändå
fortfarande vänligt sinnade
kurtisanen

kammade sig och
bättrade på sin
magnifika makeup...

och tittade sig
ängsligt om

efter Jimmy...

men han fanns
inte
någonstans !!!

Han hade rymt med

cigarettflickan

som han haft ett förhållande med

hela tiden !!!!!!

Böcker på engelska
av Donovan O'Malley

LEMON GULCH
New Edition

A darkly comic moral tale.
12-year-old over-grown precocious
misfit Danny, narrates his
surprising adventures
in his search for acceptance
in "a uncaring world".

OUR YANK

A comic novel.
An American student comes of age
in Oxford during the Cuban
Missile Crisis of 1962.
Seventeen-year old Andy has left
sunny California to study in
rainy Oxford against
the backdrop of a possible
nuclear war over Russian
missiles in Cuba.

THE IMPORTANCE
OF HAVING SPUNK

A lesbian couple's comic search
for the perfect donor in the
Scandinavian wilderness.
A Comic Novel with a twist
to the battle of the sexes,
and a nod to Oscar Wilde.